Dieses Buch gehört:

Name:

Alter:

Adresse:

Die drei ???® Kids

Monster-Ferien

Erzählt von Ulf Blanck

Mit Illustrationen von Kim Schmidt

KOSMOS

Umschlag- und Innenillustrationen von Kim Schmidt, Dollerup
Umschlaggestaltung: Walter Typografie und Grafik GmbH, Würzburg

MIX
Papier aus verantwortungsvollen Quellen
FSC® C004592
FSC
www.fsc.org

Gedruckt auf chlorfrei gebleichtem Papier

ISBN 978-3-440-15069-6
Lektorat: Cordula Gerndt, Geschichtenpraxis München
Redaktion: Ulrike Leistenschneider
Grundlayout und Satz: DOPPELPUNKT, Stuttgart
Produktion: Verena Schmynec
Printed in Germany / Imprimé en Allemagne

Die drei ???® Kids
»Monster-Ferien«

Hauptgewinn

Ferien! Endlich war es so weit. Mit Schwung rollte Justus Jonas durch die breite Toreinfahrt des Schrottplatzes und stellte sein Rad an der Veranda ab. Tante Mathilda musste lachen, als Justus seine Schultasche in die Ecke feuerte. »Ich wette, die rührst du die nächsten sechs Wochen nicht an, oder?«

»Die Wette hast du gewonnen«, strahlte Justus.

Onkel Titus kam jetzt dazu und zog seine löchrigen Arbeitshandschuhe aus. »Ich hätte auch gern mal sechs Wochen Ferien. Aber bald wird die Arbeit hier einfacher werden. Im nächsten Monat bekomme ich einen kleinen Kran. Leider war der so teuer, dass dieses Jahr kein Geld mehr für eine Urlaubsreise übrig ist. Der Kran hat einen Magneten, mit dem ich alles, was aus Eisen ist, hin- und herbewegen kann.« Tante Mathilda kam jetzt mit einem frisch gebackenen Kirschkuchen aus der Küche. »Sehr gut, Titus. Vielleicht findest du mit dem Magneten auch noch einen versteckten Goldschatz auf dem Schrottplatz.« Ihr Mann verzog das Gesicht. »Mathilda, erstens ist das hier kein Schrott, sondern *Wertstoff*. Und zweitens ist Gold nicht magnetisch. So, und jetzt kümmere ich mich um den besten Kirschkuchen der Welt.«

Justus hatte schon längst ein großes Stück davon im Mund. »Seht mal, da kommen Peter und Bob. Die haben bestimmt den Kuchen gerochen.«

Peter Shaw sprang vom Rad und hechtete die zwei Stufen zur Veranda hoch. »Kirschkuchenalarm! So müssen Ferien beginnen.« Bob strahlte genauso. »Viel Kirschkuchen und keine Schule. Besser geht's nicht. Den Brief hier hat mir übrigens der Postbote am Tor in die Hand gedrückt.«

Justus schnappte sich den Umschlag. »Der ist vom *Rätselfreund* und für Tante Mathilda. Was hast du denn mit diesem Verlag zu tun?« Seine Tante öffnete den Brief. »Ich habe bei einem Preisausschreiben mitgemacht. Der *Rätselfreund* ist ein Heft voller Kreuzworträtsel. Das Rätsel war ganz einfach.«

»Ich … ich hab gewonnen!«, stotterte sie kurz darauf. »Eine Reise!« Onkel Titus nahm ihr den Brief aus der Hand.

»Tatsächlich! Ich werde verrückt! Eine Woche auf einer Ferieninsel. Und das für die ganze Familie. Und schon morgen früh geht es mit dem Flugzeug los!« Justus riss die Arme hoch und jubelte. »Jetzt fahren wir doch noch in den Urlaub. Und wisst ihr, wer mitkommt: Peter und Bob. Denn zusammen sind wir wie eine große Familie.«

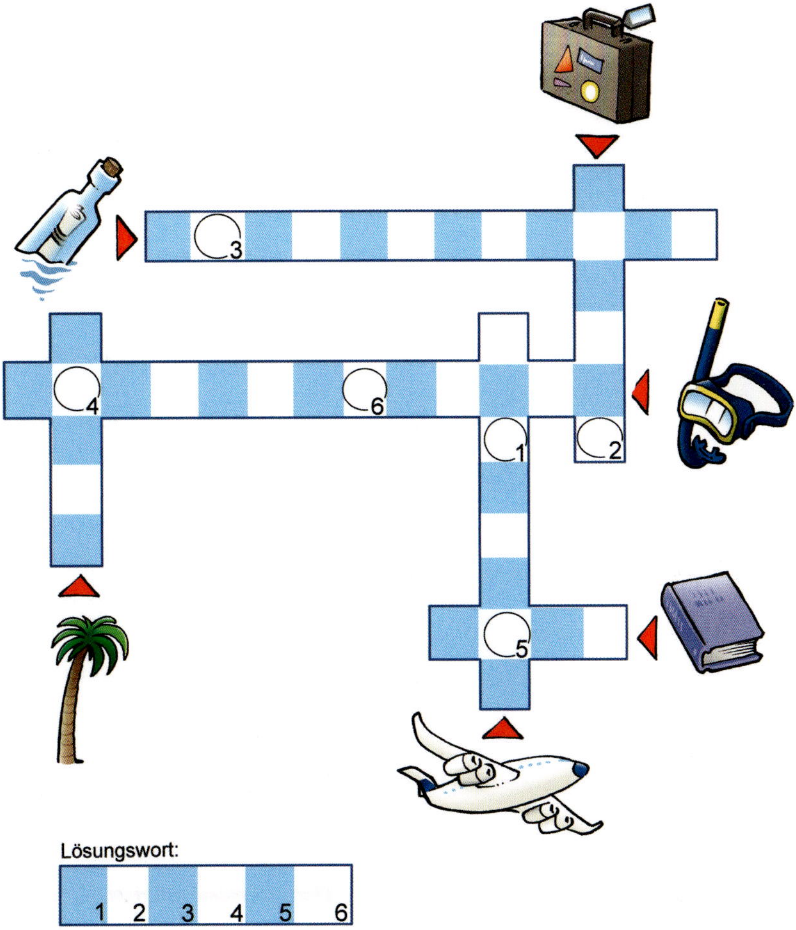

Seine beiden Freunde waren natürlich Feuer und Flamme. Schnell radelten sie nach Hause, um alles mit ihren Eltern abzuklären und ihre Koffer zu packen.

Tante Mathilda aber raufte sich die Haare. »Ich weiß gar nicht, wie ich alles bis zur Abreise schaffen soll. Ich muss noch die Blumen füttern, die Katze gießen, und der Dachboden muss noch aus dem Koffer.«

»Du bist wirklich urlaubsreif«, lachte Onkel Titus. »Al-

les bringst du durcheinander. Aber keine Sorge, die Koffer habe ich schon vom Dachboden geholt. Hier, Justus, das ist deiner.« Justus war entsetzt. So einen peinlichen Koffer hatte er noch nie gesehen.

Am nächsten Morgen wurde Justus sehr früh von Tante Mathilda geweckt. »Aufstehen, Justus! Sonst verpassen wir noch das Flugzeug. Peter und Bob sind schon da und warten auf dich.«

Ihr Ziel war der riesige Flugplatz von Los Angeles. Zum Ferienbeginn herrschte hier Hochbetrieb. Pünktlich hob wenig später ihr Flugzeug ab. Tante Mathilda blätterte in einem kleinen Prospekt, der dem Brief vom *Rätselfreund* beigelegt worden war. »Herrlich! In gut einer Stunde landen wir bereits auf der Insel.«

Der Flug verlief ruhig, und bald schon kam am Horizont die Ferieninsel in Sicht. Direkt nach der Landung ging es durch überfüllte Gänge und über Rolltreppen zur Gepäckausgabe. Lange brauchten sie nicht zu warten, bis die vielen Koffer der Passagiere auf Gepäckbändern an ihnen vorbeifuhren. Plötzlich verhakte sich jedoch eines der Gepäckstücke und verstopfte das Förderband. »Das ist ja das reinste Chaos!«, rief Justus. »Wo ist nur mein Koffer?«

Wo ist
Justus´
Koffer?

Hotel Paradies

Justus war es etwas peinlich, dass gerade er den Koffer mit den lachenden Blümchen aus dem hohen Stapel zog.

Tante Mathilda hatte immer noch den Prospekt in der Hand. »Wir wohnen im Hotel Paradies. Es liegt sehr nahe beim Flugplatz. Dort hinter den vielen Taxis soll ein Bus auf uns warten. Dieser fährt uns dann direkt zum Hotel. Er nennt sich *Paradies-Express.*«

Peter zog seinen großen Rollkoffer hinter sich her. »Express hört sich gut an. Je schneller, desto besser. Bei der Hitze will ich sofort in den Pool springen.«

Doch als sie an dem Platz ankamen, entpuppte sich der *Paradies-Express* als langsame Bimmelbahn. Die kleine Lokomotive sah aus wie ein fliegender Elefant, und die Waggons dahinter glichen rosafarbenen Kutschen aus einem Prinzessinnenmärchen. Bob verzog sein Gesicht. »Oh nein, wie peinlich.«

Die Fahrt in der Bimmelbahn führte direkt an der Strandpromenade entlang. Viele Menschen saßen in den Cafés und blickten aufs weite Meer. Vor einer Eisbar stand eine Gruppe Mädchen und winkte den drei ??? zu.

Eine von ihnen kicherte: »Fahrt ihr aufs Schloss zur Hochzeit?«

Das Hotel Paradies befand sich am Ende der Strandpromenade. Es war eine der größeren Hotelanlagen und von einer weißen Mauer und Palmen umgeben. Durch eine Glastür betraten sie die Empfangshalle. In der Mitte stand ein Brunnen mit einem goldenen Delfin.

Zielstrebig ging Tante Mathilda auf die Rezeption zu. »Guten Tag, mein Name ist Jonas und ich habe bei einem Preisausschreiben gewonnen.« Der Herr hinter dem Tresen lächelte sie an. »Herzlichen Glückwunsch. Der Hoteldirektor wird Sie gleich persönlich begrüßen. Willkommen im Hotel Paradies.«

Kurz darauf betrat ein großer Mann in einem schneeweißen Anzug die Halle. »Ah, die glücklichen Gewinner. Ich habe die besten Zimmer für Sie reserviert. Am Nachmittag gibt es dann für die neuen Gäste einen Begrüßungscocktail. Einen wunderschönen Urlaub im Hotel Paradies wünsche ich Ihnen. «

Die drei ??? hatten ein großes Zimmer im siebten Stock für sich allein. Tante Mathilda und Onkel Titus wohnten zwei Etagen tiefer. Peter warf seinen Koffer aufs Bett. »Badesachen an und ab in den Pool! Darauf habe ich mich schon den ganzen Tag gefreut.«

Plötzlich schlug sich Justus an die Stirn. »Mist, ich habe meinen Koffer unten an der Rezeption stehen lassen.« Peter warf ihm eine Badehose zu. »Den kannst du später holen. Lasst uns keine Zeit verlieren. Hier, nimm eine von meinen beiden.« Keine zwei Minuten später sprangen alle drei in den Hotelpool.

Bob zeigte auf die große Wasserrutsche am Rand des Pools. »Ich werde den Geschwindigkeitsrekord brechen. Keiner rutscht so schnell wie ich.« Peter kletterte aus dem Wasser. »Das wollen wir erst mal sehen. Denn *ich* bin der Meisterrutscher.«

Nach dem Rutschen lagen alle drei zufrieden auf den Liegestühlen am Pool. Justus setzte seine Sonnenbrille auf. »Ich bin froh, dass Tante Mathilda Kreuzworträtsel löst.« Peter nickte. »Besonders schwer war die Lösung des Rätsels allerdings wirklich nicht. Das hätte sogar ich hinbekommen.« Justus knetete mit Daumen und Zeigefinger seine Unterlippe. »Ja, das Lösungswort hieß *Urlaub*. Fast schon *zu* einfach.«

»Unser Meisterdetektiv wittert schon wieder einen Fall«, lachte Bob. »Aber vergiss es, Just! Hier gibt es für Detektive nichts zu tun. Wir haben Ferien, und das soll auch so bleiben.«

Justus, Peter und Bob mussten sich beeilen, um den Begrüßungscocktail in der Empfangshalle nicht zu verpassen. »Da seid ihr ja«, rief Onkel Titus ihnen entgegen. »Ist es hier nicht wunderbar? In unserem Zimmer gibt es sogar eine gut gefüllte Minibar und einen Safe für Wertsachen im Schrank. Achtung! Da kommt der Hoteldirektor.« Dieser trug ein großes Tablett mit Gläsern. »Ich heiße Sie nochmals herzlich willkommen im Hotel Paradies. Wir haben eine kleine Erfrischung vorbereitet. Genießen Sie Ihren Aufenthalt!«

Wenig später hatte jeder der drei ??? ein riesiges Glas in der Hand. Am Rand hing eine angeschnittene Orangenscheibe, und oben ragte ein bunter Sonnenschirm heraus. Justus runzelte die Stirn. »Ist das Zufall oder spinne ich?! Mein Strohhalm ist weiß, Bobs rot und Peters blau. Das sind genau unsere Farben! Die Farben der drei ???.« Bob lachte laut los. »Just! Nun hör endlich auf, irgendwelche Merkwürdigkeiten zu wittern! Wir sind im Urlaub!« Nachdenklich sog Justus an seinem Strohhalm. »Na gut, ich hole jetzt meinen Koffer. Den hat man an der Rezeption bestimmt sicher verwahrt.«

Genau so war es auch. Doch kaum hatte Justus den geblümten Koffer in der Hand, kam ein Mann mit Bart und kurzen Hosen auf die drei Jungs zu. »Hi, mein Name ist Jimmy. Ich bin hier der Hotelfotograf. Darf ich ein schönes Erinnerungsfoto von euch dreien machen?«

Ein schönes Foto. Doch hier stimmt etwas nicht. Siehst du es auch?

Kofferklau

Nachdem Jimmy das Foto geschossen hatte, zog es Justus, Peter und Bob an den Strand. Tante Mathilda und Onkel Titus wollten sich erst einmal das Hotel näher ansehen. »Wir treffen uns dann später.«

Justus nahm seine Sonnenbrille ab. »Wartet kurz auf mich, Freunde, ich will nur schnell meinen Koffer aufs Zimmer bringen. Haltet so lange meine Badetasche.« Aber als er sich umdrehte, war der Koffer verschwunden. »Das gibt es doch nicht! Ich könnte schwören, dass ich ihn für das Foto genau an dieser Stelle abgestellt habe. Den hat jemand geklaut!«

Bob sah ihn misstrauisch an. »Bist du dir sicher, Just? Ich meine, du hast den Koffer heute schon einmal vergessen. Vielleicht macht dir die Hitze zu schaffen?«

Plötzlich erhellte sich Justus' Gesicht. »Moment! Wenn jemand den Koffer gestohlen hat, dann ist der Dieb vielleicht auf dem Foto zu erkennen? Los, wir müssen diesen Jimmy suchen.«

Das Hotel Paradies verfügte über mehrere Bars, zwei Restaurants und viele Aufenthaltsräume. Es gab sogar einen Raum mit einem Tischkicker und einem Billardtisch. Genau dort trafen sie den Fotografen. Er saß auf einem Stuhl und hantierte mit seiner Kamera. »He! Euch habe ich doch eben fotografiert, oder? Wollt ihr einen Abzug von eurem Bild kaufen? Gerade habe ich alle Bilder von heute auf Fotopapier ausgedruckt.« Jimmy zog aus einer Mappe einen Stapel Bilder heraus. »Moment, gleich hab ich euer Familienbild. Seltsam ... Es ist nicht dabei?! Wie kann das sein?« Peter zeigte auf die Kamera des Fotografen. »Vielleicht ist das Bild noch auf dem Speicherchip?« Jimmy schüttelte den Kopf. »Nein, leider nicht. Nach dem Ausdrucken lösche ich immer alle Bilder. Mir ist das wirklich ein Rätsel. Tut mir leid, Freunde, ich muss jetzt zum Strand. Dort gibt es die besten Fotomotive.« Der Fotograf eilte davon.

Justus knetete wieder seine Unterlippe. »Zufall hin oder her, dass gerade unser Foto fehlt, ist sehr merkwürdig.«

»Vielleicht hat Jimmy nicht richtig auf den Auslöser gedrückt?«, überlegte Peter und nahm sich einen Apfel aus einer Obstschale. Bob wusste es besser. »Nein, ich habe das Klicken gehört. Und auch der Blitz wurde ausgelöst. Allmählich gebe ich Just recht: Hier stimmt etwas nicht.«

Peter biss in den Apfel und verzog angewidert sein Gesicht. »Igitt, der ist schon halb verfault. Das Hotel lässt zu wünschen übrig.« Mit diesen Worten warf er den angebissenen Apfel in einen Papierkorb neben dem

Tischkicker. Als er aber noch einmal hinblickte, machte er eine Entdeckung. »Seht mal, was hier im Papierkorb liegt! Das sieht aus wie ein Bild. Aber ja! Es ist das Foto von uns!« Aufgeregt holte er das Bild heraus und legte es auf den Tischkicker. Bob rückte seine Brille zurecht. »Ja, das sind wir. Aber nun seht euch das an: Auf der linken Seite des Fotos ist ein Stück herausgerissen worden.«

Peter war fassungslos. »Jetzt glaube ich auch nicht mehr an Zufälle.« Bob ballte die Faust. »Los, an den Strand! Diesem Jimmy stellen wir ein paar Fragen.«

Zum Strand musste man nur wenige Meter gehen. Er lag in unmittelbarer Nähe des Hotels. Direkt hinter der Strandpromenade breitete sich feiner Sand aus. Dahinter leuchtete das tiefblaue Meer. Justus setzte sich seine Sonnenbrille auf. »Bei den vielen Menschen wird es nicht leicht sein, Jimmy zu finden.« Bob wischte sich den Schweiß aus dem Gesicht. »Der kann warten. Wenn ich nicht gleich ins Wasser springe, vertrockne ich.« Dann hüpfte er wie ein flüchtendes Kaninchen barfuß über den glühend heißen Sand. Erst als er bis zu den Knien im Wasser stand, sprang er mit einem Hechtsprung in die Wellen. »Kommt rein«, rief er seinen beiden Freunden zu. »Das Wasser ist herrlich.«

Die nächste halbe Stunde dachten sie nicht mehr an den Kofferdieb und Jimmy, den Fotografen. Sie planschten in den Wellen herum, und nachdem Bob viel Salzwasser geschluckt hatte, rief er: »Ich muss dringend was trinken. Da drüben ist eine Strandbar, die zum Hotel gehört.«

An der Bar gab es noch freie Hocker, und die drei nahmen Platz. Eine blonde Frau hinter dem Tresen begrüßte sie freundlich. In ihrem Haar steckte eine bunte Blume. »Hallo, ihr drei. Was mögt ihr trinken? Bestellt, was ihr wollt. Ihr habt freie Auswahl.« Bob betrachtete durstig die vielen Flaschen und exotischen Früchte. »Freie

Auswahl? Dann möchte ich einen Cocktail aus Bananensaft, Kokosmilch und Himbeersirup. Dazu frische Erdbeeren und Eiswürfel. Und obendrauf Sahne mit Kakaopulver, bunte Streusel, einen dieser kleinen Sonnenschirme aus Papier und den roten Strohhalm dort mit dem lustigen Plastikaffen an der Spitze.« Die junge Frau musste lachen. »Na, das nenne ich mal eine außergewöhnliche Bestellung. Dann brauchst du eigentlich nur noch einen Namen für den Cocktail.«

»Ich nenne ihn Rocky Beach Flipoflop.«

Wenig später schlürften alle genüsslich ihren Drink auf den Sonnenliegen. Justus suchte dabei mit den Augen den Strand ab. »Ich fürchte, wir werden Jimmy hier

nicht finden. Wahrscheinlich ist er schon längst wieder im Hotel.« Peter fischte eine Erdbeere aus seinem Cocktail. »Ich frage mich die ganze Zeit, warum Jimmy uns überhaupt die Bilder gezeigt hat. Wenn er das Foto selbst zerstört und weggeworfen hat, dann hätte er wissen müssen, dass er sich dadurch verdächtig macht.« Justus nickte. »Stimmt, aber er hatte keine andere Wahl. Er wusste, dass wir genau nach diesem Foto fragen würden. Beweisen können wir ihm nichts. Dahinten sehe ich übrigens Tante Mathilda und Onkel Titus. Kommt mit! Vielleicht wissen die beiden etwas über den Koffer.«

Tante Mathilda schüttelte verständnislos den Kopf, als sie die Geschichte mit dem verschwundenen Koffer hörte. »Das darf doch nicht wahr sein. Man mag kaum glauben, dass in dem Hotel Diebe unterwegs sind. Titus, hast du deine neue Kamera auch gut weggepackt?«

»Aber ja. Die liegt sicher im Zimmersafe. Du weißt doch, der kleine Tresor im Wandschrank. Aber ich bin mir sicher, der Koffer taucht wieder auf, Justus. Es muss sich um ein Missverständnis handeln.«

In diesem Moment kam ein Strandverkäufer auf sie zu. Auf dem Kopf trug er aufgestapelt ein Dutzend Hüte, und auf einem langen Brett steckten viele Sonnenbrillen und Uhren. »Hallo, meine Freunde«, grüßte er. »Alles, was ihr seht, ist original mit Garantie, und ich mache euch einen guten Preis.« Onkel Titus schien tatsächlich interessiert und ließ sich eine der Uhren näher zeigen. Der Verkäufer strahlte. »Ich sehe, Sie sind Fachmann. Und darum gebe ich Ihnen die Uhr nur heute und jetzt für sagenhafte hundert Dollar.«

Tante Mathilda ging dazwischen. »Titus!«, zischte sie. »Das sind doch alles Fälschungen.«

Der Verkäufer kam jetzt noch näher. »Und weil heute die Sonne so schön scheint, überlasse ich Ihnen die Uhr für gerade einmal zwanzig Dollar.« Jetzt konnte Onkel Titus nicht mehr widerstehen. »Na schön. Bei dem Preis kann ich kaum etwas verkehrt machen.«

So schnell, wie der Verkäufer aufgetaucht war, verschwand er auch wieder. Tante Mathilda raufte sich die Haare. »Du kannst doch nicht am Strand von einem wildfremden Mann eine Uhr kaufen! Bist du denn von allen guten Geistern verlassen?« Onkel Titus band sich die Uhr ums Handgelenk. Dann holte er sein Smartphone aus der Strandtasche und zeigte seiner Frau ein Bild aus dem Internet. »Hier! Sieh dir die teure Originaluhr an. Sie sieht haargenau so aus, wie die, die ich eben gekauft habe. Das war ein richtiges Schnäppchen.«

Auch die drei ??? interessierten sich für das Bild. Mit detektivischem Blick verglichen sie es mit dem vermeintlichen Schnäppchen des Strandverkäufers.

Handelt es sich bei der Uhr wirklich um ein Original? Wie viele Unterschiede kannst du entdecken?

Hai-Alarm

»Dann bin ich tatsächlich auf einen Betrüger reingefallen!«, rief Onkel Titus wütend. »Komm, Mathilda, wir gehen zur Strandbar, und ich spüle meinen Ärger mit einem großen Glas Cola hinunter.«

Plötzlich zuckte Bob zusammen. »Ist das dort hinten nicht Jimmy? Der macht gerade Fotos von einer Gruppe Mädchen. Das sind die, die wir von der Bimmelbahn aus vor dem Eiscafé gesehen haben.« Justus hatte sie nun auch entdeckt. »Stimmt. Und seht euch das an! Hinter den Mädchen schleicht eine Gestalt heran. Da! Ein Typ mit einem Sonnenhut schnappt sich eine Strandtasche und haut ab. Nun wird mir die Sache klar: Der Fotograf lenkt die Leute mit seiner Kamera ab, und ein Komplize klaut im richtigen Moment die Sachen.« Peter sprang auf. »Und genauso wird es auch mit deinem Koffer geschehen sein. Los, die Trickbetrüger schnappen wir uns!«

Doch sobald sich die drei ??? näherten, war von dem Fotografen und dem Mann mit dem Sonnenhut auf einmal nichts mehr zu sehen. Justus ging auf die Gruppe mit den Mädchen zu. »Entschuldigt bitte, wir haben eben beobachtet, wie jemand eine eurer Strandtaschen geklaut hat.«

Die Mädchen begannen zu kichern, und eine Rothaarige tippte sich an die Stirn. »Ein blöderer Spruch, um uns anzubaggern, fällt dir wohl nicht ein, oder?« Justus wurde knallrot. »Anbaggern? Nein, ich … also meine Freunde und ich, wir haben …« Weiter kam er nicht, denn er wurde von einem blonden Mädchen unterbrochen. »Wartet, er hat recht. Mir fehlt tatsächlich meine Strandtasche. Eben war sie noch da.«

Peter mischte sich jetzt ein. »Genau das meinen wir. Der Fotograf hat euch abgelenkt, und sein Komplize hat währenddessen die Strandtasche gestohlen. War etwas Wertvolles in der Tasche?« Das blonde Mädchen strich sich durchs Haar. »Na ja, Sonnencreme, eine Kette und etwas Geld. So ein Mist! Ich bin erst seit zwei Tagen mit meiner Oma hier. Sie hat die Reise bei einem Preisausschreiben gewonnen.«

Justus wurde hellhörig. »Etwa beim *Rätselfreund*-Verlag? Wohnt ihr auch im Hotel Paradies?«

Das Mädchen sah ihn mit großen Augen an. »Ja. Stimmt beides. Woher weißt du das?«

»Ich hatte da so eine Vorahnung. Es ist wirklich eine merkwürdige Geschichte. Du musst wissen, wir drei beschäftigen uns oft mit rätselhaften Dingen. Ich heiße übrigens Justus. Und das sind meine beiden Freunde, Peter und Bob.« Das blonde Mädchen reichte allen die Hand. »Ich heiße Marie. Die anderen Mädchen habe ich hier am Strand kennengelernt. Ich muss jetzt aber sofort zu meiner Oma. Wahrscheinlich wird sie den Diebstahl bei der Polizei melden wollen.«

Die drei verabschiedeten sich und gingen zurück zu ihren Strandliegen. Plötzlich entdeckte Peter den Fotografen. »Los, diesmal kriegen wir ihn.« Der Mann hatte sich an der Strandpromenade gerade eine Zigarette angezündet. Als er die drei ??? auf sich zurennen sah, lief er eilig über die Straße zu einem schwarzen Jeep, sprang hinein und startete den Motor. Mit durchdrehenden Reifen fuhr er davon. Zurück blieb nur eine große Staubwolke.

Als Justus, Peter und Bob bei den Liegen ankamen, waren Tante Mathilda und Onkel Titus noch nicht zurück. Justus blickte sich um. »An der Strandbar sehe ich sie nicht mehr. Vielleicht sind sie schwimmen gegangen?«

Plötzlich dröhnte eine laute Signalhupe über den Strand. Bob riss den Kopf herum. »Das kommt vom Rettungsturm. Da steht einer von der Lebensrettung und winkt die Leute aus dem Wasser. Aber warum nur?«

»Lasst uns nachfragen«, rief Justus und rannte zum Rettungsturm. Der Rettungsschwimmer hatte mittlerweile ein Megafon vor dem Mund. »Alle raus aus dem Wasser! Alle raus! Hai-Alarm!« Justus kam vor Schreck ins Stolpern und blieb kurz stehen. »Hai-Alarm?! Aber hier gibt es doch gar keine Haie.«

Mittlerweile hatten alle Badegäste panisch das Wasser verlassen und starrten entsetzt auf den Ozean hinaus. Weinende Kinder wurden von ihren Eltern getröstet, und einer älteren Dame fächerte man Luft zu. Sie war kreidebleich zu Boden gesunken.

»Und Sie haben wirklich einen Hai gesehen?«, fragte Bob den Rettungsschwimmer. »Ja, eindeutig. Ich habe ihn sofort an der typischen Rückenflosse erkannt.«

Justus starrte konzentriert aufs Meer hinaus. »Oh nein! Wie ich befürchtet habe: Dort, ganz weit draußen, schwimmen Tante Mathilda und Onkel Titus. Sie haben von dem Hai-Alarm nichts mitbekommen.« Peter nahm das Fernglas des Rettungsschwimmers. »Ich fasse es nicht! Da schwimmt tatsächlich ein Hai.« Justus nahm ihm das Fernglas ab. »Ja, und er schwimmt direkt auf die beiden zu!« Dann schrie er, so laut er konnte: »Tante Mathilda! Onkel Titus! Kommt sofort aus dem Wasser! Da ist ein Hai!« Bob zerrte verzweifelt an der Schnur der Signalfahne. »Just, du hast keine Chance. Wenn sie die Presslufthupe und das Megafon nicht gehört haben, dann wird dein Rufen auch nichts bringen. Doch warte! Ich glaube, die beiden haben den Hai entdeckt.«

Justus hörte kaum zu und blickte konzentriert durch das Fernglas. Plötzlich entspannten sich seine Gesichtszüge. Mit ruhigen Händen ließ er das Fernglas sinken. Dann holte er tief Luft. »Entwarnung, Kollegen! Der Hai ist ein Schwindel. Hier, schaut mal durch das Fernglas, dann seht ihr es auch.«

Was hat Justus Verräterisches an dem Hai entdeckt?

Stranddiebe

Als Peter den vermeintlichen Hai mit dem Fernglas beobachtete, machte er die gleiche Entdeckung wie Justus. »Jetzt kann ich es auch erkennen: Hinter der Rückenflosse ragt eine kleine Antenne hervor. Ganz klar, das Ding ist eine ferngesteuerte Attrappe. Ich denke, hier wollte sich jemand einen Spaß erlauben.« Bob nahm das Megafon des Rettungsschwimmers. Dieser schien sich seltsamerweise überhaupt nicht mehr für den Hai zu interessieren. »Entwarnung an alle!«, rief Bob mit fester Stimme. »Der Hai ist nicht echt. Es ist eine Attrappe!«

Schnell hatte sich die aufgebrachte Menge am Strand beruhigt, und die Ersten trauten sich zurück ins Wasser. Auch der älteren Dame ging es anscheinend wieder besser. Sie saß jetzt auf einer Liege, und ein blondes Mädchen brachte ihr ein Glas Wasser. Die drei ??? erkannten sie sofort. Es war Marie, die sich um ihre Großmutter kümmerte.

Kopfschüttelnd stand Onkel Titus am Strand neben Tante Mathilda. »Wer wollte uns bloß damit einen Schreck einjagen? Zum Animationsprogramm des Hotels gehört das bestimmt nicht.« Justus kam nun auf die beiden zu. »Wir wissen es nicht. Aber wir werden es herausfinden.«

Der Hai aus Plastik lag mittlerweile am Strand halb im Sand. Hinter der Schwanzflosse konnte man jetzt gut einen kleinen Propeller erkennen. Missmutig klemmte sich der Rettungsschwimmer die Attrappe unter den Arm und verschwand damit auf seinem Turm.

»Dass mich heute bloß keiner mehr auf das Mistding anspricht«, grummelte er.

Wenig später erreichten alle erschöpft ihre Strandliegen. »So etwas kann man nicht in einem Spielzeuggeschäft kaufen«, überlegte Peter. »Das ist ein Profigerät. Vielleicht wurde es sogar mal bei einem Film eingesetzt?« Bob konnte zum ersten Mal wieder lachen. »Genau, und der Film hieß *Mörderhaie im Babyplanschbecken.*«

Onkel Titus kramte in seiner Strandtasche. »Schade, dass ich meine neue Kamera nicht dabeihabe. Ich muss unbedingt ein Foto von der Attrappe machen. Aber für einen Schnappschuss reicht auch mein Smartphone. Moment! Das gibt es doch nicht. Es ist verschwunden. Hier müssen Stranddiebe zugeschlagen haben.«

Peter beobachtete währenddessen die ältere Dame. Sie saß etwas weiter weg auf der Strandliege und wühlte aufgeregt in ihrer Strandtasche. »Seltsam. Die Oma von Marie scheint auch etwas zu vermissen.«

Justus knetete seine Unterlippe. Das tat er immer, wenn er scharf nachdachte. »Das werden mir allmählich zu viele Zufälle, Freunde. Kommt mit! Wir fragen Marie, was los ist.«

Es stellte sich heraus, dass der alten Dame auch etwas gestohlen wurde. »Schrecklich«, jammerte sie, »mein kleiner Geldbeutel ist weg. Zum Glück hatte ich nicht viel Geld mitgenommen.« Ihre Enkelin versuchte, sie zu trösten. »Den Dieb wird man bestimmt bald erwischen, Omi.«

Bob stellte sich jetzt vor die alte Dame und stemmte die Hände in die Hüften. »Da können Sie sicher sein. Ab jetzt übernehmen wir den Fall. Und bisher haben wir noch jedes Rätsel gelöst.«

Marie sah ihn mit großen Augen an. »So sprechen immer die Helden in den Kinofilmen. Aber vielleicht gibt es diese Helden ja wirklich?« Dann gab sie Bob einen Kuss auf die Wange.

Die drei ??? verabschiedeten sich von Marie und ihrer Oma und verließen den Strand. »Ich kann mir gut vorstellen, dass es einen Zusammenhang zwischen dem Hai-Alarm und den Diebstählen gibt«, überlegte Bob auf dem Rückweg. »Denn niemand hat währenddessen auf seine Wertsachen geachtet.« Peter nickte. »Und erinnert euch an den Trick des Fotografen: Die Gäste werden abgelenkt, und die Diebe schlagen zu.«

Im Hotel hatte sich vor der Rezeption eine lange Schlange gebildet. Anscheinend waren viele Gäste am Strand bestohlen worden und wollten den Diebstahl melden. Der Direktor persönlich kümmerte sich um die Betroffenen. Auch Marie mit ihrer Großmutter hatte sich eingereiht. »Da sind ja meine Helden«, sagte das blonde Mädchen lächelnd. »Man kann sich hier in eine Liste eintragen. Falls die Diebe geschnappt werden, bekommt meine Oma ihren Geldbeutel zurück.«

Ihre Großmutter war immer noch aufgeregt und sprach sehr schnell. »Herr Direktor«, begann sie, und ihre Hände zitterten dabei, »mir ist noch nie etwas gestohlen worden. Zu Hause bin ich vorsichtiger. Dort habe ich eine Alarmanlage. Leider ist diese seit einer Woche kaputt. Zum Glück wissen das mögliche Diebe nicht. Die Kameras rund um mein Haus sollen ja auch nur abschrecken. Schlimme Zeiten sind das.«

Der Hoteldirektor machte sich Notizen und versuchte, die ältere Dame zu beruhigen. »Seien Sie versichert: Wir werden alles tun, was in unserer Macht steht, um die Vorkommnisse aufzuklären. Der Nächste bitte.«

Nun war Justus an der Reihe und beschrieb das Smartphone von Onkel Titus. Der Direktor schüttelte den Kopf. »Unglaublich. Gleich morgen werde ich die Polizei informieren. Doch jetzt genießt bitte euren Urlaub!«

Bald darauf, am frühen Abend, startete das Animationsprogramm des Hotels, und ein Mann mit Megafon und Klemmbrett in der Hand mischte sich unter die Gäste am Pool. »Guten Abend, meine Damen und Herren. Heute heißt es: Spiel, Spaß und Action. Es gibt ein nagelneues Surfbrett zu gewinnen.« Peter horchte auf. »Ein Surfbrett? Was müssen wir dafür tun?« Der Mann warf jetzt mehrere riesige Schaumstoffteile aufs Wasser. Sie sahen aus wie überdimensionale Puzzlesteine. »Nicht viel«, lachte der Animateur. »Aus diesen Teilen müsst ihr im Pool eine Brücke bauen. Wenn ihr das Surfbrett gewinnen wollt, dann müsste ihr es in maximal drei Minuten schaffen.«

Peter war begeistert. Das war ein Wettspiel nach seinem Geschmack. »Und wie wir das schaffen werden«, strahlte er. Kurz darauf sprangen die drei Detektive in den Pool.

5
2
6
4
3
7
8
1
In welcher Reihenfolge müssen die Puzzlesteine zusammengefügt werden? Notiere die Reihenfolge!

Nachtwanderung

Überall auf dem Wasser trieben die großen Puzzleteile aus Schaumstoff. Justus schnappte sich das Startteil und legte es am Rand des Pools an. »Peter, Bob! Bringt mir die anderen Puzzlestücke. Ich werde sie sortieren und in der richtigen Reihenfolge zusammenbauen.« Laute Musik ertönte jetzt, und die Hotelgäste feuerten die drei an. Justus hatte mittlerweile schon fünf der acht Teile zusammengefügt. Der Animateur sprang auf und ab. »Ihr habt nur noch eine halbe Minute, und drei Teile fehlen noch. Schneller! Ihr schafft das!«

In letzter Sekunde gelang es den drei ???, die Brücke fertigzustellen. Der Mann drückte begeistert auf eine Hupe, die ihm um den Hals hing. »Ihr habt gewonnen! Das Surfbrett gehört euch. Und wer es jetzt schafft, trockenen Fußes über die Brücke zu laufen, der bekommt auch ein Surfbrett.« Doch bevor Peter sich melden konnte, kam ihm ein Mädchen aus dem Publikum zuvor. Es war Marie, die sich jetzt neben den Animateur stellte. »Einen donnernden Applaus für unsere mutige Brückenläuferin«, rief dieser und drückte wieder auf seine Hupe.

Justus, Peter und Bob waren inzwischen aus dem Pool gestiegen und trockneten sich mit Handtüchern ab. Der Mann gab das Startsignal. »Auf die Plätze, fertig, los!«

Marie nahm Anlauf und übersprang gleich das erste Puzzleteil. Dann lief sie, leicht wie eine Feder, über die schwimmende Brücke und kam erst kurz vor dem Ende ins Straucheln. Doch sie hielt das Gleichgewicht und erreichte sicher das andere Ende des Pools. »Applaus, Applaus, Applaus!«, rief der Animateur und hupte dazu. »Wir haben noch eine Gewinnerin. Viel Spaß mit dem neuen Surfbrett. Bitte schön!«

Die Surfbretter entpuppten sich leider als billige Schaumstoffbretter für kleine Kinder. Peter war enttäuscht. »Und ich dachte, wir bekommen richtig coole Surfboards. Wie peinlich: Auf unserem ist auch noch eine Meerjungfrau aufgedruckt.«

Marie kam jetzt lachend mit ihrem Surfbrett auf die drei Freunde zu. »Von mir aus können wir tauschen. Auf meinem ist ein Hai mit spitzen Zähnen zu sehen.«

Peter nahm das Angebot an. »Wenigstens etwas. Danke. Ein bisschen kann man damit in den Wellen schon Spaß haben.« Sie verabredeten sich für den nächsten Tag mit Marie am Strand. Dann verschwand das blonde Mädchen mit ihrer Großmutter.

Auch die drei ??? waren müde, und Bob gähnte. »Kaum zu glauben, dass wir heute früh noch in Rocky Beach waren. Ich glaube, wir sollten auch ins Bett gehen, sonst verschlafen wir morgen den ganzen Tag.« Justus musste lachen. »Du hörst dich ja schon an wie Tante Mathilda. Aber du hast recht. Lasst uns schlafen gehen. Hier passiert sowieso nichts mehr.«

Wenig später lagen alle drei in ihren Betten und dachten an die Ereignisse des Tages zurück: der kurze Flug, die Fahrt mit der Bimmelbahn, die mysteriösen Diebstähle, der falsche Hai-Alarm und der Brückenbau im Hotelpool.

Doch gerade als Justus das Licht löschte, klopfte es an der Tür. »Wer will denn jetzt noch was von uns?«, wunderte er sich und schob die Bettdecke zur Seite. Dann öffnete er neugierig die Tür.

Es war Onkel Titus, der dort im Bademantel stand. »Justus! Ihr werdet es nicht glauben«, flüsterte sein Onkel aufgeregt. »Die Diebe haben wieder zugeschlagen. Diesmal wurde meine neue Kamera aus dem Safe gestohlen.«

»Wurde die Tresortür aufgebrochen?«, fragte Justus erstaunt.

»Nein, das ist ja das Seltsame. Die Tür war fest verschlossen. Gerade eben wollte ich noch schnell ein Foto vom Vollmond machen. Dabei habe ich den Diebstahl entdeckt. Die ganze Sache ist ein Rätsel.«

Auch Peter und Bob waren jetzt wieder hellwach, und zusammen rannten alle die zwei Stockwerke nach unten zum Zimmer Nummer 515 von Onkel Titus und Tante Mathilda.

»Da! Seht!«, rief Justus' Onkel. »An der Tresortür ist kein einziger Kratzer.« Tante Mathilda war genauso aufgeregt und lief in ihrem Bademantel hin und her. »So langsam reicht es mir mit den sonderbaren Vorfällen. Hätte ich nur nie bei dem Preisausschreiben mitgemacht.«

Justus versuchte, sie zu beruhigen. »Das wird sich alles aufklären lassen. Wir müssen sofort den Hoteldirektor verständigen.«

Der ließ nicht lange auf sich warten und betrat wenig später mit einem weiteren Mann das Zimmer. »Was ist geschehen?«, begann er und schloss schnell hinter sich die Tür. »Sie sagten am Hoteltelefon etwas von einem Diebstahl aus dem Safe. Ich habe gleich Mr Clarkson mitgebracht. Er ist der Sicherheitschef im Hotel Paradies.« Der kräftige Mann im mausgrauen Anzug ging zielstrebig auf den Safe im Kleiderschrank zu. »Ich kann hier keine Einbruchsspuren erkennen. Sind Sie sicher, dass etwas entwendet wurde?«

Onkel Titus war empört. »Natürlich. Ich bin doch noch nicht verkalkt und vergesslich. In dem Safe lag meine neue Kamera. Jetzt ist sie verschwunden.«

Der Direktor war sichtlich bemüht, die richtigen Worte zu finden. »Ich möchte Ihnen das gerne glauben, Mr Jonas. Aber die Versicherung unseres Hotels wird das anders sehen. Keine Einbruchsspuren, keine Schadensregulierung.«

Justus mischte sich jetzt ein. »Hat denn sonst niemand einen Schlüssel zu dem Safe?« Mr Clarkson schüttelte den Kopf. »Für den Tresor gibt es keinen Schlüssel. Er lässt sich nur durch einen zuvor ausgewählten Geheimcode öffnen. Und diesen Code kennen nur Sie, Mr Jonas.«

»Ja, so ist es«, nickte der Hoteldirektor. »Leider können wir nichts weiter für Sie tun. So kann ich nur hoffen, dass Sie Ihre Kamera irgendwo verlegt haben und sie bald wiederfinden. Ich wünsche Ihnen noch eine ruhige Nacht.«

Als die beiden Herren das Zimmer verlassen hatten, knallte Onkel Titus wütend die Tresortür zu. »Das darf doch alles nicht wahr sein! Erst wird mein Smartphone geklaut, dann die neue Kamera, und als Nächstes stiehlt mir noch jemand meine Badehose vom Leib. Das sollte nicht Hotel *Paradies* heißen, sondern Hotel *Langfinger*. Am besten, wir gehen jetzt alle ins Bett und sehen morgen weiter.«

Unzufrieden verließen die drei ??? das Zimmer von Onkel Titus und Tante Mathilda. Diesmal nahmen sie den Fahrstuhl und fuhren die zwei Stockwerke nach oben. Als Justus wenig später die Zimmertür hinter sich schloss, blieb sein Blick an einer Zeichnung auf der Rückseite der Tür hängen. Peter hatte dies bemerkt. »Just, was ist denn da?«

»Das ist eine Zeichnung vom Grundriss unserer Etage. Hier ist ein Fluchtplan eingezeichnet für den Fall, dass es brennt.«

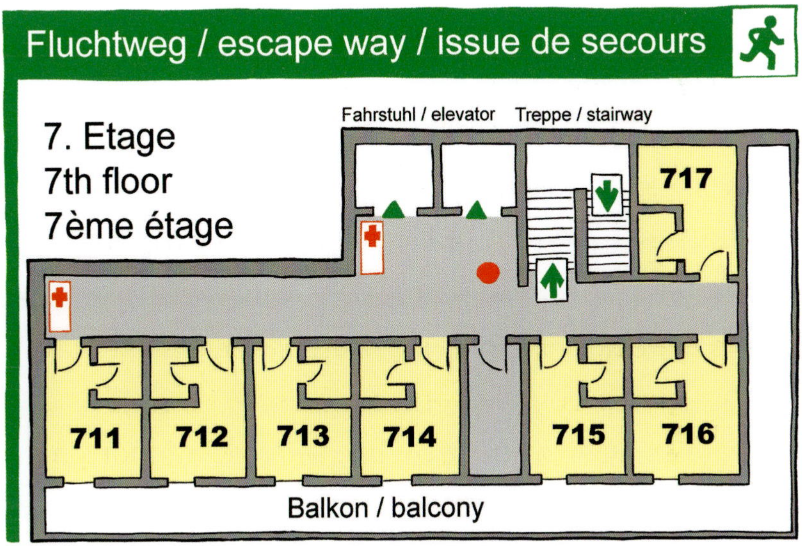

Bob trat jetzt auch dazu und betrachtete die Zeichnung. »Stimmt, das ist Vorschrift. Ich weiß, dass in jedem Hotelzimmer so eine Zeichnung an der Tür befestigt sein muss. Aber, Just, was ist daran so spannend?«

»Schaut einmal genauer hin! Jede Etage in diesem Hotel ist doch gleich, oder? Die siebte Etage hat also denselben Grundriss wie die fünfte Etage. Tante Mathilda und Onkel Titus haben ihr Zimmer gegenüber der Treppe. Also genau an dieser Stelle. Es hat die Zimmernummer 515. In unserem Stockwerk ist es entsprechend das Zimmer 715.« Mit dem Finger zeigte er auf einen bestimmten Bereich auf der Grundrisszeichnung. »Kommt dichter ran! Hier sieht man ihren Flur, das ist das Bad, und dieser Raum ist das Schlafzimmer. Aber direkt hinter der Wand des Schlafzimmers befindet sich ein weiterer kleiner Raum. Und dieser hat keine Nummer. So wie es aussieht, kann man diesen nur vom Hotelflur aus betreten.«

Peter hatte eine Vermutung. »Das wird ein Raum sein, wo Putzmittel und Bettwäsche gelagert werden. Das gibt es in jedem Hotel. Worauf willst du hinaus?«

»Es ist nur so ein Gedanke, denn genau an dieser Wand steht der Kleiderschrank von Tante Mathilda und Onkel Titus. Und in dem Kleiderschrank wiederum ist an der Rückseite der Tresor eingebaut.«

Bob nahm seine Brille ab. »Wenn man also an der richtigen Stelle vom Putzraum aus ein Loch in die Wand bohrt, dann landet man direkt im Safe, oder?«

Justus nickte. »Genau darüber habe ich nachgedacht. Denn wenn die Kamera nicht durch die Tresortür entwendet wurde, muss es einen anderen Weg geben. Los, wir sehen uns den kleinen Raum in der fünften Etage einmal genauer an.«

Eilig schlüpften die Detektive in ihre Kleider, und Peter wühlte in seinem Koffer. »Na bitte!«, strahlte er und hielt drei kleine Taschenlampen in der Hand. »Ich hab ja geahnt, dass wir die vielleicht brauchen könnten.«

Justus klopfte ihm anerkennend auf die Schulter. »Perfekt. Dann lasst uns eine Nachtwanderung durchs Hotel machen.«

Es war bereits sehr spät, und der helle Vollmond schien durch die Fenster. Im Hotelflur war es totenstill. Nur ganz aus der Ferne konnte man dumpf Musik und Lachen aus der Bar vernehmen. Auf Zehenspitzen schlichen die drei ??? über den weichen Teppich. Diesmal nahmen sie die Treppe und liefen eilig die zwei Etagen hinab. Justus zeigte auf den Flur im fünften Stock. »Wie ich vermutet habe: Alle Etagen sind gleich aufgebaut. Dort drüben ist das Zimmer von Tante Mathilda und Onkel Titus.«

Direkt vor der Zimmertür mit der Nummer 515 blieben sie stehen und lauschten. Gleichmäßiges Schnarchen war zu hören. »Onkel Titus schnarcht aber ganz schön laut«, flüsterte Bob. Justus grinste. »Das ist nicht mein Onkel, das ist meine Tante.«

Peter hatte inzwischen den vermeintlichen Putzraum

ausgemacht. Er befand sich unmittelbar neben der Zimmertür mit der Nummer 515. »Wenn wir richtigliegen, dann muss dies der rätselhafte Raum sein.« Bob kam zu ihm und drückte die Klinke herunter. »Mist, die Tür ist verschlossen. Wahrscheinlich haben nur die Zimmermädchen einen Schlüssel.«

Peter zog grinsend einen Dietrich aus der Tasche. »Für diesen Fall habe ich vorgesorgt. Taschenlampen und mein Dietrich-Set. Diese Ausrüstung habe ich immer dabei.« Peter war Experte, wenn es darum ging, einfache Schlösser zu öffnen. Hierfür benutzte er einen selbst gebauten Dietrich. Das Sperrwerkzeug war ein gebogener kräftiger Draht, mit dem man Schlösser knacken konnte. Doch dafür brauchte man Übung und viel Geschick. Peter hockte sich vor die Tür des Putzraums. »Leuchtet mir bitte mit den Taschenlampen! Das Flurlicht ist zu schwach, und ich kann kaum etwas sehen.«

Die nächste Zeit hörte man nur leise metallische Geräusche. Bob sah sich nervös um. »Beeilung, Peter. Ich glaube, der Fahrstuhl hat sich in Bewegung gesetzt. Wenn wir Pech haben, hält er genau im fünften Stock.«

»Jaja. Mach mich nicht auch noch nervös. Für diese Arbeit braucht man eine ruhige Hand.«

In diesem Moment ertönte ein heller Glockenton. Es war das Zeichen, dass der Fahrstuhl anhielt. Gleich würden sich die automatischen Türen öffnen. Peter lief ein Schweißtropfen von der Stirn über die Nase und landete auf dem Teppich. Im selben Moment klickte es im Schloss, und die Tür sprang auf. »Schnell! Rein da!«, zischte er.

Sofort schloss er hinter sich die Tür, und alle drei lauschten in die Stille. Aus dem Flur war heiteres Lachen zu hören. Schritte näherten sich. Dann wurde eine Tür aufgeschlossen, und das Lachen verstummte.

»Glück gehabt«, stöhnte Bob und atmete erleichtert auf. »In letzter Sekunde. Die Leute aus dem Fahrstuhl hätten uns für Einbrecher gehalten.«

Gleichzeitig knipsten die drei ??? ihre Taschenlampen an. Es war genauso, wie sie vermutet hatten: In dem kleinen Raum stand ein Regal voller frischer Bettwäsche und Putzmittel. Doch noch etwas anderes war zu sehen: die Hai-Attrappe!

Bob stand der Mund offen. »Wie kommt der Plastikhai denn hierher? Den hatte sich doch der Rettungsschwimmer geholt?«

Und Justus machte eine weitere Entdeckung: »He! Das gibt es doch nicht! Dort sehe ich auch meinen gestohlenen Koffer! Jetzt wird's langsam spannend.« Dann ließ Justus den Strahl der Taschenlampe an der Wand entlangkreisen.

»Wonach suchst du?«, fragte Peter und steckte seinen Dietrich wieder ein. Justus ließ sich nicht ablenken. »Hinter dieser Wand befindet sich der Schrank im Schlafzimmer von Onkel Titus und Tante Mathilda. Wenn unsere Theorie stimmt, dann müsste hier irgendetwas zu sehen sein. Irgendeine Unregelmäßigkeit.«

Kannst du an der Wand etwas Auffälliges entdecken?

Doppelter Boden

Plötzlich zuckte Bob zusammen. »Da! Seht ihr diese viereckige Stelle an der Tapete? Da stimmt etwas nicht. Das Muster ist verdreht.« Dann klopfte er behutsam mit der Taschenlampe gegen die besagte Stelle. »Klingt irgendwie hohl«, flüsterte Peter. »Lässt sich da etwas bewegen?« Bob ertastete mit den Fingernägeln einen dünnen Spalt. »Wartet, hier ist was. Ja, das ganze Teil lässt sich herausnehmen.«

Aufgeregt rückten die drei Freunde zusammen und leuchteten gleichzeitig auf die geöffnete Stelle in der Wand. Es war ein Loch in der Mauer. »Wahnsinn«, zischte Peter. »Wie Just vermutet hat. Das Loch führt wahrscheinlich direkt zum Safe.« Vorsichtig griff er in den Hohlraum. »Ich fühle eine kleine Blechplatte. Ja, man kann sie zur Seite schieben.« Als Peter seine Hand wieder herauszog, leuchtete Justus mit seiner Taschenlampe in das Loch. »Es gibt keinen Zweifel, Freunde. Dahinter befindet sich der Safe. Jetzt ist der Fall klar: Mit diesem Trick kann man vom Putzraum aus unbemerkt den Inhalt des Tresors stehlen. Kein Wunder, dass keine Einbruchsspuren zu sehen waren.«

Bob war fassungslos. »Unglaublich! Doch wer könnte dahinterstecken, Just?«

»Theoretisch ist jeder verdächtig. Vom Zimmermädchen bis zum Hausmeister. Vom Gärtner bis zum Direktor. Jeder, der in diesem Hotel arbeitet, könnte sich den Plan ausgedacht haben. Für heute kommen wir nicht weiter. Lasst uns das Loch sorgfältig schließen und zurück in unser Zimmer gehen. Zum Glück habe ich meinen Koffer wieder und es wurde nichts entwendet.«

Als sie am nächsten Morgen von Tante Mathilda geweckt wurden, lagen die drei Freunde noch todmüde in ihren Betten. »Aufstehen, ihr Schlafmützen!«, rief sie von draußen und klopfte laut gegen die Tür. »Beeilt euch! Sonst verpasst ihr das Frühstück!«

Justus war plötzlich hellwach. »Ja, wir sind sofort unten. Reserviert uns einen Platz.«

Bob konnte das Wort *Frühstück* nicht so leicht aus dem Bett locken. Verschlafen rieb er sich die Augen und tastete auf dem Nachttisch nach seiner Brille. »Das ist ja schlimmer als in der Schule. Ich denke, wir haben Ferien.« Peter gähnte. »Ich kann immer noch nicht glauben, was wir gestern Nacht entdeckt haben.« Justus hatte sich bereits fertig angezogen. »Und diese Entdeckung sollten wir auch erst mal für uns behalten. Wir sind unserem Gegner eine Nasenlänge voraus. Denn der oder die Täter wissen noch nicht, dass wir das geheimnisvolle Loch in der Wand entdeckt haben. Außerdem wäre es nicht gut, wenn Tante Mathilda davon erfahren würde. Nicht zu diesem Zeitpunkt. Sie würde sofort die Koffer packen und mit uns nach Hause fliegen.«

Das Hotel verfügte über eine große Terrasse. Riesige Palmen und weiße Sonnensegel sorgten für Schatten. Tante Mathilda und Onkel Titus waren schon fast fertig mit dem Frühstück. »Juhu!«, winkte ihnen Justus' Tante zu. »Hier sind wir! Wir haben euch drei Plätze freigehalten.« Auch Onkel Titus war bester Laune und hatte den Vorfall der letzten Nacht anscheinend verdrängt. »Setzt euch! Von einer gestohlenen Kamera lassen wir uns den Urlaub nicht verderben. Dafür ist es hier viel zu schön. Bedient euch am Frühstücksbuffet! Ihr werdet staunen, was es dort alles gibt.«

Justus ließ sich das nicht zweimal sagen und schnappte sich den größten Teller, den er finden konnte. Hierauf stapelte er zwei Croissants, eine Zimtschnecke, Rührei mit einem Würstchen und ein großes Stück Ananas. Bob grinste, als er das sah. »Und das kannst du alles aufessen?« Justus stopfte sich auf dem Weg zum Tisch das Würstchen in den Mund. »Das ist noch nicht alles«, grinste er zurück. »Gleich gehe ich noch mal ans Buffet.«

Nach dem Frühstück machten sie sich auf den Weg zum Strand, um sich, wie verabredet, dort mit Marie zu treffen. Peter hatte sich das Surfbrett mit dem Hai unter den Arm geklemmt. »Los geht's«, strahlte er. »Die Wellen warten auf uns.«

Marie und ihre Großmutter hatten dieselben Strandliegen wie am Vortag belegt. Schon von Weitem winkte das blonde Mädchen ihnen mit dem Meerjungfrauen-Surfbrett zu. »Hier bin ich!«

Doch auch ihr erzählten die drei ??? lieber nicht, was sie in der Nacht entdeckt hatten. Die ältere Dame trug einen riesigen Strohhut, um sich vor der Sonne zu schützen. »Guten Morgen, ihr drei. Ist das nicht ein wundervoller Tag?« In dem Moment hörte man das Klingeln eines Handys. Marie zeigte auf die Strandtasche. »Das muss dein Handy sein, Omi. Ich habe einen anderen Klingelton.«

Verwundert beobachteten die drei Freunde, wie die ältere Dame ein modernes Smartphone aus der Tasche zog. »Jaja«, lachte sie, »man muss mit der Zeit gehen. Zum Glück gibt es hier am Strand ein gutes WLAN-Netz.« Den dreien fiel fast die Kinnlade herunter, und Justus schüttelte den Kopf. »Das müsste Tante Mathilda hören. Die geht immer noch zum Telefonieren in eine Telefonzelle.«

Doch plötzlich verfinsterte sich das Gesicht von Maries Großmutter. »Was? Das gibt es doch nicht. Alles ausgeraubt? Auch die schönen Bilder? Aber woher konnten die Diebe das wissen? Ich meine ... die Alarmanlage ... Ja, ich weiß. Von hier aus kann ich nichts unternehmen. Die Polizei soll sich um alles kümmern. Ich danke Ihnen. Ich danke Ihnen sehr.«

Marie war jetzt ganz blass. »Omi, was ist geschehen? Etwa ein Einbruch bei dir zu Hause?«

»Ja, heute Nacht. Die Täter haben das ganze Haus ausgeräumt. Meine Nachbarin rief mich gerade an. Die Gute kümmert sich um alles.«

»Und was machen wir jetzt?«

»Gar nichts, mein Kind. Wir machen Ferien. Was sollte ich jetzt in einem leeren Haus? Die Polizei wird nach Spuren suchen, und ich muss anschließend alles mit meiner Versicherung klären. Nein, ich habe mich so auf diesen Urlaub mit dir gefreut. Das macht uns keiner kaputt.«

In diesem Moment erklang eine laute Megafonstimme. Es war wieder der Animateur, der diesmal bis zu den Knien im Wasser stand. »Liebe Kinder, Spiel und Spaß gehen weiter. Heute machen wir ein Tretbootrennen. Wer ist dabei? Wer will den großen Tretbootpreis gewinnen?« Der Mann hielt einen silbernen Pokal in die Höhe.

Peter dachte an das gewonnene Surfbrett. »Den Pokal kann er schön behalten. Der ist bestimmt aus Plastik.« Doch Justus hatte einen anderen Plan und zog seine beiden Freunde zu sich heran. »Vielleicht sollten wir mitmachen? Der Typ scheint mir recht redselig zu sein. Möglicherweise können wir ihm ein paar Informationen entlocken. Schließlich ist er auch ein Mitarbeiter im Hotel Paradies.« Nach kurzer Überlegung waren Peter und Bob einverstanden. Marie wollte lieber mit ihrem neuen Surfbrett in die Wellen. »Ich drück euch die Daumen«, lachte sie. »Wenn ihr gewinnt, dann will ich von jedem von euch ein Autogramm.«

Der Animateur brauchte keine weitere Werbung für das Tretbootrennen zu machen. Fast alle Boote waren schon besetzt, und die drei ??? ergatterten gerade noch das letzte. »Sehr gut, Freunde«, rief der Mann durchs Megafon. »Auf mein Kommando geht es dort drüben zu der kleinen Bucht. Ihr fahrt um den Felsen, der aus dem Wasser ragt. Wer zuerst wieder zurück ist, gewinnt den Pokal. Auf die Plätze, fertig, los!« Als seine Hupe ertönte, schoben alle ihre Boote ins Wasser. Peter und Bob traten kräftig in die Pedale, und Justus steuerte das Tretboot in Richtung Felsen.

»Mann, ist das anstrengend«, keuchte Bob und wischte sich den Schweiß aus dem Gesicht. Peter hatte mehr Kondition. »Schneller, sonst werden wir gleich von hinten gerammt.«

Doch es war schon zu spät. Das Tretboot hinter ihnen war mit zwei älteren Jungen besetzt, die jetzt ihr Boot frontal auffahren ließen. Dadurch stellte sich das Tretboot der drei ??? quer, und das Rennen war für sie gelaufen. Noch lange hörten sie das gemeine Lachen der beiden Jungs. »Frechheit!«, schimpfte Peter. »Erstens waren das keine Kinder mehr, und zweitens darf man bei einem Rennen den Gegner nicht einfach rammen.« Justus versuchte, das Boot zurück zur kleinen Bucht zu lenken. »Ist doch egal. Was sollen wir mit einem Pokal? Wir haben einen Fall zu lösen.«

Mit Absicht ließen sie sich ein wenig von der Rennstrecke wegtreiben. Plötzlich machte Bob eine Entdeckung. »He! Da schwimmt was im Meer.«

Peter hatte gerade seine Hand im Wasser gekühlt und zog sie erschrocken zurück. »Was? Etwa wieder ein Hai?«

»Nein, es ist eine Flasche. Eine Flasche mit einem Korken.« Neugierig lenkte Justus das Boot in die Richtung. Wenig später konnte Bob die Flasche greifen. »Wahnsinn! Das ist eine Flaschenpost.«

Aufgeregt zog Bob den Korken aus der Flasche, und ein vergilbter Zettel kam zum Vorschein. Die anderen Teilnehmer des Rennens waren schon wieder auf dem Rückweg zum Strand. Ganz vorn lag das Tretboot mit den beiden älteren Jungen. Doch dafür interessierten

sich die drei ??? nicht mehr. Justus rollte das Papier auseinander.

»Und? Was steht auf dem Zettel?«, fragte Peter ungeduldig.

»Es ist eine Zeichnung. Man sieht verschiedene Linien, einen Nordpfeil und ein dickes Kreuz in der Mitte.«

»Eine Schatzkarte!«, riefen Peter und Bob wie aus einem Mund.

»Möglich ist alles. Vielleicht gehört es aber auch nur zum Animationsprogramm. Wenn ich die Zeichnung richtig verstehe, dann handelt es sich um die kleine Bucht vor uns. Ja, eindeutig. Und die Stelle mit dem Kreuz müsste sich direkt hinter dem Felsen befinden, der dort drüben aus dem Wasser ragt. Los, das sehen wir uns an.«

Schnell hatten sie die Stelle erreicht. Bob fand in einer kleinen Klappe im Tretboot mehrere Taucherbrillen und Schwimmwesten. »Perfekt. Die Taucherbrillen können wir für unsere Schatzsuche gebrauchen.«

Wenig später sprangen alle drei gleichzeitig über Bord.

Das Wasser war hier um einiges kühler und wesentlich klarer als in der Badebucht. Durch ihre Taucherbrillen konnten sie bis auf den Grund des Meeres blicken. Bunte Korallen funkelten im Licht der Sonne, und kleine Fischschwärme nahmen vor ihnen Reißaus. Nach etwa einer Minute mussten sie auftauchen, um Luft zu holen. »Und? Habt ihr etwas entdeckt?«, keuchte Justus.

Peter schüttelte den Kopf. »Noch nicht. Wir müssen dichter an den Felsen herantauchen.«

Wieder holten sie tief Luft und tauchten ein zweites Mal in die Tiefe. Zunächst wurde ihnen die Sicht durch lange Schlingpflanzen und Algen versperrt. Doch das, was sie dann sahen, konnten die drei kaum glauben.

Kannst du einen Schatz entdecken?

Schatzsuche

Erneut mussten sie auftauchen, um Luft zu holen. »Habt ihr das gesehen?«, stammelte Peter. »Dort unten liegt tatsächlich ein altes Wrack. Die Schatzkarte ist echt.« Bob war genauso aufgeregt. »Und ich glaube, ich habe noch etwas entdeckt. Es glitzerte wie Gold.« Justus schob sich seine Taucherbrille über die Stirn. »Ich habe auch etwas funkeln gesehen. Doch noch mal kann ich da nicht runtertauchen. Mir ist schon ganz schwindlig. Peter, schaffst du das?«

»Na klar. Das sind ja nur ein paar Meter. Nicht viel tiefer als in unserem Freibad beim Sprungturm. Ich weiß, welche Stelle ihr meint. Vielleicht war's aber auch nur ein glitzernder Fisch oder eine alte Blechdose. Wartet hier auf mich. Ich tauche runter.«

Bob kletterte erschöpft zurück aufs Tretboot. Dann half er Justus aus dem Wasser. »Unglaublich, wie lange Peter die Luft anhalten kann. Wahrscheinlich war er früher mal ein Delfin.«

Lautlos zählten beide die Sekunden und starrten gebannt aufs Meer. Dann plötzlich schoss Peter aus dem Wasser. Mit der einen Hand klammerte er sich am Tretboot fest, in der anderen Hand hielt er mehrere Goldmünzen. »Volltreffer!«, jubelte er und riss sich die

Taucherbrille vom Kopf. »Wir haben tatsächlich einen Schatz gefunden. Nun seht euch das an! Die Münzen müssen sehr wertvoll sein.«

In diesem Moment jagte ein rotes Schlauchboot auf sie zu. Am Ruder stand der Rettungsschwimmer und neben ihm der Animateur. Aufgeregt fuchtelte er mit den Armen. »Ist euch was passiert?«, schrie dieser gegen den Lärm des Motors an. »Warum seid ihr nicht zurückgekommen? Ich habe mir Sorgen gemacht. Bei einem Tretbootrennen trage ich die Verantwortung.«

Justus Jonas schüttelte den Kopf. »Nein, bei uns ist alles okay«, rief er zurück. »Wir wollten nur kurz baden gehen.« Instinktiv verbarg Peter die Hand mit den Goldmünzen hinter seinem Rücken.

Der Animateur schien erleichtert. »Gut, dann bin ich froh. Ich werfe euch ein Seil rüber. Macht es an eurem Boot fest, wir ziehen euch zurück an den Strand.«

Dann ging es mit Vollgas durch die Wellen. »Am besten, wir erzählen nichts von unserem Fund«, flüsterte Justus. »In diesem Fall können wir niemandem trauen. Die Flasche und die Münzen wickle ich in mein Handtuch.«

Die Fahrt zurück war um einiges leichter, und schnell hatten die drei ??? wieder festen Boden unter den Füßen. Dann halfen sie dem Rettungsschwimmer, das rote

Schlauchboot an den Strand zu ziehen. »Beim nächsten Mal sagt ihr Bescheid, wenn ihr eine Extratour machen wollt.« Justus nutzte die Gelegenheit, um dem Rettungsschwimmer unter vier Augen eine Frage zu stellen. »Das machen wir. Wir haben nicht geahnt, dass Sie sich Sorgen machen. Was haben Sie eigentlich mit dem ferngesteuerten Haifisch gemacht?«

Der Rettungsschwimmer sah ihn irritiert an. »Wieso willst du das wissen? Ich habe ihn im Hotel abgegeben. Beim Direktor persönlich. Keine Ahnung, was dann damit passierte.« Justus hatte genug gehört. »Danke, Sie haben uns sehr geholfen.«

Jetzt kam der Animateur auf sie zu. »Kommt mit, Jungs! Gleich findet vor dem Hotelpool die Übergabe des Siegerpokals statt. Das übernimmt der Hoteldirektor persönlich.«

Justus griff sich sein zusammengerolltes Handtuch mit der Flasche und den Münzen. »Das sollten wir nicht verpassen«, flüsterte er seinen beiden Freunden zu. »Der Direktor macht im Hotel sehr vieles sehr persönlich. Auch ihm sollten wir einige Fragen stellen.«

Um den Hotelpool hatten sich schon einige Gäste versammelt. Auch Marie stand dort und winkte die drei ??? zu sich herüber. »Wisst ihr, wer gewonnen hat?«, rief sie ihnen entgegen. Peter verzog sein Gesicht. »Ja, wahrscheinlich die beiden Idioten, die uns gerammt haben.« Seine Befürchtung wurde wahr, denn wenig später bekamen die beiden älteren Jungs den silbernen Pokal überreicht. Der Hoteldirektor gab beiden die Hand. »Glückwunsch! Ihr habt das Tretbootrennen fair gewonnen. Dafür werden nicht nur eure Namen in den Pokal eingraviert, sondern ihr bekommt auch noch ein zusätzliches Geschenk: einen Gutschein für eine Stunde Ponyreiten.«

Bob konnte sein Lachen kaum verbergen. »Bin ich froh, dass wir nicht gewonnen haben.«

Die beiden älteren Jungs fanden die Sache weniger lustig. Der Größere warf einen verächtlichen Blick auf den Gutschein. »Wie? Wir dürfen den Pokal nicht einmal behalten?« Der Direktor schüttelte den Kopf. »Nein, natürlich nicht. Wie gesagt: Eure Namen werden darauf verewigt. Danach kommt er wieder in die Glasvitrine neben dem Empfangstresen. Viel Spaß beim Ponyreiten.«

Nach der Preisverleihung ging Justus direkt auf den Hoteldirektor zu. »Haben Sie kurz Zeit für uns?«, fragte er freundlich. Der Direktor horchte auf. »Gibt es Neuigkeiten von der verschwundenen Kamera deines Onkels? Aber kommt mit! Wir besprechen das alles in meinem Büro.«

Das Büro des Direktors lag in der obersten Etage des

Hotels. Es war fast rundum verglast. »Kommt rein, Jungs! Ist das hier nicht ein fantastischer Ausblick über die Insel? Ich liebe Inseln. Und *eine* Insel auf der Welt ganz besonders.« Bob entdeckte an der Wand ein Bild, das aussah wie eine kitschige Postkarte.

Der Direktor ließ sich in einen breiten Ledersessel fallen. »Ja, aber auch unsere Ferieninsel ist wunderschön. Wisst ihr eigentlich, dass vor vielen, vielen Jahren etliche Segelschiffe hier auf Grund gelaufen sind? Früher gab es ja kaum Leuchtfeuer, die die Schiffe vor den gefährlichen Felsen warnten. Noch heute kommen regelmäßig Schatztaucher, um ihr Glück zu versuchen. Denn immer wieder legt die starke Strömung bei heftigen Stürmen unentdeckte Schiffswracks frei. Gerade letzte Woche hatten wir so einen Sturm.« Justus hielt das zusammengerollte Handtuch jetzt hinter seinen Rücken. »Und was passiert, wenn Schatztaucher tatsächlich etwas Wertvolles finden?« Der Direktor sah ihn scharf an. »Dann muss man den Schatz natürlich an den Staat abgeben. Es sei denn, man hat vorher eine Konzession beantragt.«

»Was ist das denn?«, fragte Bob neugierig nach.

»Das ist eine Art Genehmigung fürs Schatzsuchen. Wer die hat, der darf alles behalten, was er findet. Nur ist diese Konzession nicht gerade billig. Der Staat verlangt tausend Dollar dafür. Wenn man dann nichts findet, hat man Pech gehabt. Man kann diese Konzession übrigens fast überall erwerben. Auch bei uns im Hotel Paradies. Wieso fragt ihr?« Justus hielt das Handtuch jetzt noch dichter hinter seinem Rücken versteckt. »Ach, nur so. Wir interessieren uns für alles.«

»Sehr gut. Wie gesagt, wendet euch vertrauensvoll an mich oder meinen Sicherheitschef, Mr Clarkson. Aber ihr wolltet mir doch etwas Wichtiges mitteilen, oder?« Justus hielt einen kurzen Moment inne. Erst dann antwortete er. »Ja, es ist nämlich so: Die Kamera meines Onkels ist wieder aufgetaucht. Sie war gar nicht im

Safe. Er hatte sie in seiner Strandtasche vergessen. Ich glaube, mein Onkel wird langsam alt und etwas vergesslich.« Peter und Bob sahen Justus genauso verwundert an wie der Direktor des Hotels. »Die Kamera ist wieder aufgetaucht?«, fragte dieser irritiert. Es schien fast, als würde er die Fassung verlieren. Doch dann sammelte er sich wieder. »Sehr gut. Prima. Ich meine, das ist eine gute Neuigkeit. Grüße deinen Onkel bitte von mir. Doch nun entschuldigt mich, ich habe noch eine Menge zu tun.«

Anschließend stiegen die drei ??? wieder in den Fahrstuhl und fuhren abwärts bis zur Empfangshalle.

»Just«, begann Peter verständnislos, »was hast du denn da für einen Blödsinn erzählt? Wir wissen doch, dass die Kamera durch das geheime Loch aus dem Tresor geklaut wurde.«

»Es war ein Test. Ich wollte wissen, wie der Direktor reagiert. Denn er ist, wie alle hier im Hotel, verdächtig.«

Unten angekommen liefen sie Tante Mathilda in die Arme. »Da seid ihr ja. Onkel Titus und ich haben euch schon gesucht.« In der Hand hielt sie eine kleine Tüte. »Wir waren nämlich auf der Strandpromenade shoppen und haben uns Souvenirs von der Insel gekauft. Hier, das haben wir euch mitgebracht: Postkarten, Kühlschrankmagneten und ein paar andere schöne Sachen.«

»Eine tolle Wasserpistole ist auch dabei«, ergänzte Onkel Titus. »Die gab es als Werbegeschenk gratis dazu. Wir sehen uns dann gleich beim Mittagessen. Bis später.«

Justus blickte auf die große Uhr über der Rezeption. »Stimmt, bald gibt es wieder etwas zu essen. Wir müssen unsere Badesachen ausziehen. Außerdem will ich mir auf dem Zimmer einmal unseren Goldschatz genauer ansehen.«

In ihrem Zimmer waren bereits die Betten gemacht, und Bob warf sich darauf. »Ich liebe Hotels. Man muss sich um nichts kümmern.« Justus wickelte inzwischen sein nasses Handtuch aus und betrachtete die Goldmünzen und die Flaschenpost. »Irgendwie will ich nicht recht glauben, dass gerade *wir* diesen Schatz entdeckt haben.« Dann fiel sein Blick auf den Korken der alten Flasche. »Moment, hier ist doch was faul! Seht euch einmal diesen Korken genauer an. Da steht eine Jahreszahl drauf.«

Peter nahm ihn in die Hand. »Stimmt, hier steht: 2013. Wie kann das sein? Wenn die Flasche echt wäre, dann müsste das Datum mindestens hundert Jahre früher sein.«

Bob sprang jetzt wieder aus dem Bett. »Eine Fälschung? Und was ist mit den Goldmünzen?«

Justus hatte plötzlich eine Idee und schüttete die kleine Tüte mit Tante Mathildas Souvenirs aus. »Um das herauszufinden, gibt es einen Trick. Alles, was wir dazu brauchen, ist in der Tüte.«

Welcher
Gegenstand
könnte den drei ???
jetzt weiter-
helfen?
BEACH

Falschgold

Ratlos blickte Peter auf die Gegenstände. »Just, was soll uns da helfen? Etwa die Wasserpistole?«

»Nein, einer der Kühlschrankmagneten. Damit können wir nämlich testen, ob die Goldmünzen echt sind. Denn so langsam vermute ich, dass es sich nur um billig vergoldetes Eisen handelt. Der Magnettest wird uns Klarheit verschaffen, denn Gold ist nicht magnetisch, wie Onkel Titus ja immer wieder betont.«

Bob schnappte sich einen der Kühlschrankmagneten und führte ihn dicht über die Goldmünzen. Sofort wurden diese von ihm angezogen. »Mist«, schimpfte er, »das ist kein Gold. Irgendjemand hat uns reingelegt. Jetzt passt es auch mit dem Flaschenkorken zusammen. Aber wozu der ganze Schwindel?«

Justus knetete seine Unterlippe. »Schwindel ist das richtige Wort. In diesem Hotel stimmt einiges nicht. Denkt daran, was der Direktor uns erzählte: Nur wer eine teure Konzession erwirbt, darf solche Goldschätze behalten.«

»Richtig!«, fuhr Peter fort. »Und zufällig kann man auch in seinem Hotel solche Konzessionen für tausend Dollar kaufen. Ich habe das Gefühl, dass hier Touristen mit Absicht hereingelegt werden. Erst werden Schatzkarten per Flaschenpost im Meer verteilt. Dann wartet man darauf, dass jemand die falschen Goldmünzen im Wrack findet. Jeder würde versuchen, nachträglich so eine Konzession für tausend Dollar zu bekommen. Der Einzige, der dabei ein Geschäft macht, ist der Direktor.«

Bob warf die Münzen wütend auf den Boden. »Und wir sind auch fast darauf reingefallen. Hätten wir tausend Dollar gehabt, dann könnte ich mir vorstellen, dass auch wir der Versuchung nicht widerstanden hätten, so eine Konzession zu kaufen. Wahrscheinlich stammt das Wrack nur von einem alten Fischkutter. Ab und zu taucht ein Komplize des Direktors nach unten und versteckt für dumme Touristen die Goldmünzen. Anschließend brauchen sie nur durch die Flaschenpost angelockt werden. Genauso funktioniert eine Mausefalle. Aber was machen wir jetzt, Just?«

»Hier im Hotel können wir niemandem vertrauen. Ich habe das Gefühl, alle stecken unter einer Decke.«

Peter sah das ähnlich. »Und die Sache könnte gefährlich werden. Wir müssen deinen Onkel einweihen.«

»Ja, genau so werden wir es machen. Los, die beiden sind bestimmt noch in der Empfangshalle.«

Doch unten angekommen, war von Onkel Titus und Tante Mathilda keine Spur zu sehen. Dafür entdeckte Bob Marie an der Poolbar. Ansonsten war das Hotel fast menschenleer. Die meisten Gäste befanden sich am Strand. Dort fand zu diesem Zeitpunkt ein Konzert statt. »Kommt mit! Vielleicht hat Marie die beiden gesehen?«

Aber auch das Mädchen wusste nicht mehr als die drei ???. »Tut mir leid, ich bin grade erst gekommen und habe mir eine Cola bestellt. Aber was ist mit euch los? Habt ihr einen bösen Geist gesehen?« Justus setzte sich dicht neben sie auf einen Barhocker. »Das, was ich dir jetzt erzähle, muss unbedingt unter uns bleiben. Hier im Hotel geschehen sonderbare Dinge. Über einiges wissen wir Bescheid. Vieles ist aber noch rätselhaft. Es geht um Betrug und Diebstahl. Du darfst niemandem davon erzählen! Es ist gefährlich.«

Der Mann hinter der Bar wischte jetzt mit einem Lappen den Tresen sauber. »Die Herren, darf ich euch etwas anbieten? Vielleicht eine kleine Erfrischung?«

Justus schüttelte den Kopf. »Nein danke.« Dann zog er Marie von der Bar fort. »Hier können wir nicht weiterreden. In diesem Hotel haben die Wände Ohren.«

Plötzlich kam der Barmann hinter ihnen hergelaufen und gab ihnen Handtücher. »Hier«, grinste er auf sonderbare Art und Weise, »die braucht ihr, wenn ihr im Pool baden wollt.«

Peter sah dem Mann irritiert hinterher. Dieser verschwand jetzt durch eine schmale Tür und ließ die Bar unbeaufsichtigt. »Was soll das mit den Handtüchern? Wir wollen doch gar nicht im Pool baden.«

»Ich fürchte, wir haben gerade eben zu laut geredet.« Wütend warf Justus sein Handtuch auf einen leeren Liegestuhl. Als es sich dabei ausrollte, erstarrten alle vor Schreck.

»Was ... was soll das?«, stotterte Marie und blickte angsterfüllt auf das beschmierte Handtuch. Für Bob war die Sache klar. »Das ist eine Drohung. Die wollen verhindern, dass wir weiter herumschnüffeln, und uns Angst einjagen.« Peter sah sich unsicher um. »Und das ist ihnen leider auch gelungen. Vielleicht sollten wir On-

kel Titus überspringen und gleich zur Polizei gehen?« Marie warf jetzt auch ihr Handtuch auf die Liege. »Das ist eine gute Idee. Ich werde auf jeden Fall in meinem Zimmer verschwinden. Bei meiner Oma ist es sicher.«

Kaum war Marie weg, stand plötzlich der Direktor hinter den drei Jungen. »Gefällt es euch in meinem Hotel?«, säuselte er und sah sie dabei scharf an. »Ich bin nur zufrieden, wenn meine Gäste zufrieden sind. Gerne würde ich euch noch weitere Highlights in meinem Hotel zeigen. Tief unten im Keller haben wir zum Beispiel eine Meerwasser-Entsalzungsanlage.«

Auf der anderen Seite des Pools tauchte nun der Barmann wieder auf, und der Direktor lächelte noch gemeiner. »Ihr seht, wir alle kümmern uns bestens um unsere Gäste. Es soll ihnen an nichts mangeln. Besonders die allzu Neugierigen haben wir gern, und für sie haben wir extra ein Spezialprogramm entwickelt.«

Die drei ??? wussten nun, dass der Direktor hinter allem steckte, und Justus suchte fieberhaft nach einem Ausweg aus der Situation. »Wir wissen, was hier läuft«, platzte er schließlich heraus. »Mein Onkel hat soeben die Polizei verständigt.« Dem Direktor entlockte dies nur ein müdes Lächeln. »Soso. Meine Informanten am Strand sagen mir was anderes. Demnach liegt dein Onkel seit zwei Stunden in seinem Liegestuhl. Und wie du sicherlich weißt, hat er kein Handy mehr.« Mittlerweile waren die drei vom Direktor und dem Barmann eingekeilt.

Plötzlich zeigte Peter auf die lange Wendeltreppe, die zur Riesenrutsche hinaufführte. »Los, da rauf! Wir müssen hier weg!« Gleichzeitig rannten die drei ??? los und jagten die Treppe hoch. Ganz oben befand sich eine Plattform mit einem kleinen Raum für die Badeaufsicht.

»Was machen wir jetzt nur, Just?«, keuchte Bob.

»Keine Ahnung. Hier oben sind wir erst mal sicher.«

Doch da täuschte Justus sich. Denn in diesem Moment sprang die Tür der Badeaufsichtskabine auf, und ein riesiges Krakenwesen quetschte sich aus dem Türrahmen. Das war zu viel für die drei Freunde. Laut schreiend flüchteten sie nach vorn und jagten kopfüber die Riesenrutsche hinunter. Doch das monsterhafte Krakenwesen verfolgte sie. Jetzt erst erkannten sie, dass der Krake nur ein großes aufblasbares Plastiktier war. Dahinter war in Badehose der Sicherheitschef zu erkennen. Das hässliche Lachen von Mr Clarkson war lauter als das heftige Brodeln der Wassermassen.

Wenige Sekunden später klatschten die drei ??? im menschenleeren Pool auf. Sie hatten endgültig verloren, und die kräftigen Arme des Barmanns zogen sie aus dem Wasser. Beim Hoteldirektor war keine Spur von

Freundlichkeit mehr zu erkennen. »Los, sperren wir die Nervensägen in mein Büro.« Auch Mr Clarkson packte nun zu, und widerstandslos ließen sich Justus, Peter und Bob in Richtung Fahrstuhl schubsen.

Kurz darauf befanden sie sich im Büro des Direktors, und die Tür wurde hinter ihnen verschlossen. Dahinter hörten sie die Stimme des Sicherheitschefs. »Verhaltet euch ruhig, dann wird euch nichts geschehen.«

Lange Zeit sprach keiner der drei Freunde ein Wort. Schließlich nahm Justus seinen ganzen Mut zusammen und griff nach dem Telefon auf dem Schreibtisch. Aber er wurde enttäuscht. »Ich hätte es mir denken können. Die Leitung ist tot. Wahrscheinlich haben es die Gauner vorher abgeschaltet.« Peter durchwühlte die Schubladen des Schreibtischs. »Vielleicht finden wir einen Schlüssel für die Bürotür.« Doch zu seiner Verwunderung fand er gleich einen ganzen Berg Schlüssel. Sie schienen sehr alt zu sein und hatten sonderbare Formen. Bob zeigte auf einen riesigen Stahltresor, der an der Wand hinter ihnen stand. »Ich wette, mit einem der Schlüssel lässt sich der Tresor öffnen.« Peter schnappte sich die vielen Schlüssel. »Das werden wir gleich haben. Ich bin Schlossexperte.«

Welcher Schlüssel könnte passen?

Tresorknacker

Beim vierten Schlüssel hatte Peter Erfolg. Ein leises Klicken ertönte, und die Tresortür ließ sich problemlos öffnen. »Nun seht euch das an!«, entfuhr es Justus. »Gerammelt voll mit Diebesgut. Und da liegt auch die neue Kamera von Onkel Titus.« Im Safe stapelten sich Brieftaschen, Handys, Schmuck und andere Wertgegenstände. Peter entdeckte auch noch eine Kiste mit Goldmünzen. »Der hat sich einen ganzen Vorrat mit falschen Goldtalern angelegt. Anscheinend fallen viele Leute auf die Flaschenpost rein. Und ich wette, dass einige sofort beim Direktor die Konzession für tausend Dollar gekauft haben.«

Justus durchwühlte weiter den Safe. »Davon kannst du ausgehen. Geld kann ich hier aber nicht finden. Das hat sich der Direktor bestimmt rausgenommen. Der muss jahrelang seine Gäste betrogen und bestohlen haben. Und dafür war ihm jede List recht: das Loch in der Tresorwand, der falsche Hai-Alarm oder der betrügerische Fotograf. Das ist eine riesige Gaunerbande.« Dann machte er noch eine Entdeckung. »Seht mal! Da sind lauter alte Hefte vom *Rätselfreund*. Und jedes Mal gab es Reisen zum Hotel Paradies zu gewinnen. Jetzt haben wir auch das letzte Rätsel gelöst. Mit den Preisausschreiben werden Gäste hierhergelockt. Wahrscheinlich steckt der Direktor mit dem *Rätselfreund*-Verlag unter einer Decke. Ich denke, man hat sich die Gewinner genau ausgesucht. Menschen wie die Großmutter von Marie zum Beispiel. Leicht zu beeinflussen und wohlhabend. Hier im Hotel konnte man sie in Ruhe ausfragen. Darum wussten die Gauner auch, dass die Alarmanlage ihres Hauses kaputt war. Es muss also noch weitere Komplizen auf dem Festland geben. Der Direktor hat alles unter Kontrolle.«

Peter konnte es immer noch nicht glauben. »Aber warum hat er dann deine Tante ausgewählt? Ihr seid doch nicht reich?« Auch darauf wusste Justus zu antworten. »Vermutlich hat der Direktor zuvor seine Opfer über das Internet ausgespäht. Und als er bei unserer Adresse etwas von *Wertstoff*handel las, hat er vermutet, dass bei uns viel zu holen ist. Wahrscheinlich hat er bereits einen Einbruch in unser Haus geplant.«

Bob schnappte sich das gestohlene Smartphone von Onkel Titus. »Zumindest können wir jetzt Hilfe holen.«

»Aber wen willst du anrufen?«, fragte Peter. »Wir kennen ja nicht einmal die Telefonnummer der Polizei auf dieser Insel.«

Dennoch begann Bob, etwas einzutippen. »*Eine* Nummer weiß ich zum Glück.«

»So, welche denn?«, wunderte sich Peter.

Bob wurde rot. »Äh ... die von Marie. Sie hat sie mir gestern gegeben. Da! Sie geht ran.« Mit wenigen Worten erklärte Bob Marie, was geschehen war. »Hörst du«, rief er ins Handy, »du musst sofort in die oberste Etage zum Büro des Direktors kommen. Man hat uns hier eingesperrt.«

Es dauerte nicht lange und die Tür wurde geöffnet. Marie kam herein. »Das ist wirklich die verrückteste Geschichte, die ich je gehört habe«, rief sie. »Zum Glück steckte der Schlüssel von außen.«

Justus wollte keine Zeit verlieren und rannte sofort hinaus. »Wir müssen die Gangster irgendwie aufhalten. Ich wette, die wollen flüchten.« In diesem Moment hörten sie aus einem Nebenraum sonderbare Geräusche. Vorsichtig öffnete Bob die schmale Tür. »Na, so was«, grinste er. »Zwei der Gauner haben wir schon mal.«

In dem kleinen Raum saßen, an Händen und Füßen gefesselt, der Sicherheitschef und der Barmann. Ihre Münder waren mit grauem Paketband zugeklebt. Von den beiden konnte keine Gefahr mehr ausgehen, und Justus riss dem Sicherheitschef das Klebeband ab. »Aua!«, schrie dieser auf. »Das Schwein von Direktor hat uns hier eingesperrt.« Justus sah dem Mann scharf in die Augen. »Verstehe. Der wollte lieber allein flüchten. Hat er gesagt, wohin?« Der Sicherheitschef spuckte wütend auf den Boden. »Bestimmt will er zum Flugplatz und sich absetzen. Jahrelang haben wir für ihn die Drecksarbeit gemacht, und jetzt lässt er uns allein zurück. Bitte schnappt ihn für uns! Der soll schön zusammen mit uns im Gefängnis schmoren.«

Justus hatte genug gehört und knallte die Tür wieder zu. »Wir müssen sofort zum Flughafen. Tante Mathilda und Onkel Titus erklären wir das Ganze später. Dafür haben wir jetzt keine Zeit. Marie, du bleibst hier und versuchst, die Polizei zu informieren. Die werden sich um alles kümmern. Garantiert schnappen die auch die Einbrecher, die das Haus deiner Oma ausgeraubt haben. Außerdem soll die Polizei alle anderen verdächtigen Personen unter die Lupe nehmen: den Rettungsschwimmer, den Animateur, den Fotografen mit seinem Komplizen und die betrügerischen Leute vom *Rätselfreund*. Das ist eine ganze Bande. Alles wird gut. Wir sehen uns später.«

Das blonde Mädchen umarmte jeden der drei ???. »Passt auf euch auf.«

Wenig später standen Justus, Peter und Bob an der Strandpromenade. Justus zeigte auf die Bimmelbahn. »Damit geht es am schnellsten. Ich weiß, wie man so ein Teil fährt.«

Peter sah ihn mit großen Augen an. »Darfst du denn das?«, fragte er.

»Ja, aber nur im Notfall. Und dies ist ein Notfall.«

Mit Vollgas fuhren sie an der Strandpromenade entlang Richtung Flughafen. Verwundert blickten die Touristen ihnen hinterher. Bob schlug die ganze Zeit gegen eine große Glocke in der Fahrerkabine. »Platz da! Wir müssen hier durch. Alle weg!«

Am Flughafen herrschte Hochbetrieb, und Justus stoppte die Bahn direkt vor dem Haupteingang. »Alle aussteigen! Endstation! Ich hoffe, wir kommen nicht zu spät.«

Atemlos rannten sie durch die Abfertigungshalle, und Peter deutete auf die riesige Anzeigetafel. »Leider wissen wir nicht, in welches Flugzeug der Direktor steigen will. In der nächsten Zeit starten gleich mehrere Maschinen in alle möglichen Richtungen.«

Justus rang nach Luft. »Wir müssen scharf nachdenken. Hat uns der Direktor vielleicht irgendeinen Hinweis gegeben?«

Welches Ziel könnte sich der Direktor ausgesucht haben?
Departures / Abflüge
CA 1058 Toronto 3.30 pm
AA 0988 Washington 3.45 pm
AA 1456 Seattle 4.10 pm
AA 0270 Los Angeles 4.35 pm
AA 0074 Miami 4.55 pm
AA 1250 Austin 5.15 pm
CA 0036 Hawaii 5.45 pm
CA 1178 Mexico City 6.00 pm
AA 1201 Springfield 6.10 pm
AA 0883 San Francisco 6.15 pm
AA1028 New York 6.30 pm

Ausgetrickst

Plötzlich hatte Bob die Erleuchtung. »Na klar, er will nach Hawaii! Er hat uns doch gesagt, dass das seine Lieblingsinsel ist. Außerdem hing ein Hawaii-Bild an seiner Bürowand. Schnell, die Maschine nach Hawaii startet gleich. Wir müssen zum Abflugterminal 2.«

So schnell sie konnten, rannten die drei ??? los. Immer wieder mussten sie Touristen ausweichen, die ihnen mit ihren Gepäckkarren entgegenkamen. »Schneller!«, schnaufte Justus. Völlig außer Atem erreichten sie schließlich den Abflugterminal 2.

»Da ist er!«, triumphiert Bob. »Der miese Typ steht in der Schlange vor dem Sicherheitscheck. Wenn er da durchkommt, dann ist er uns entwischt.« Auch der Direktor hatte die Jungen nun entdeckt. Doch er blieb ganz ruhig und lächelte ihnen zu. Peter war außer sich vor Wut. »Der ist noch dreister, als ich gedacht habe. Aber da hat er sich die Falschen ausgesucht.« Mit diesen Worten ging er auf einen bewaffneten Sicherheitsbeamten zu. »Mister! Sie müssen den Mann dort festnehmen. Er ist ein Gauner. Wir können das beweisen.«

Der Direktor hatte dies anscheinend gehört und kam nun ebenfalls dazu. Lächelnd sprach er den Sicherheitsbeamten an. »Bitte entschuldigen Sie, ich kenne die drei

Jungs aus meinem Hotel. Die sind immer zu Scherzen aufgelegt. Am besten kümmern Sie sich nicht um sie.«

Der Sicherheitsbeamte rückte seine Dienstmütze gerade. »Das sind schwere Vorwürfe, die ihr gegen diesen Herrn erhebt. Habt ihr irgendwelche Beweise?«

Peter stotterte: »Ja … äh … nein … zumindest nicht hier. Sie müssen den Mann aber unbedingt aufhalten!«

Der Beamte schüttelte den Kopf. »Tut mir leid. Ohne Beweise ist das unmöglich. Außerdem bin ich nicht von der Kriminalpolizei, sondern nur für die Sicherheit hier am Flughafen zuständig. Bitte lasst den freundlichen Herrn jetzt in Ruhe.«

Bob ahnte, dass sie verloren hatten. Doch plötzlich kam ihm eine Idee. Er griff in seine Hosentasche, rempelte den Direktor unauffällig von der Seite an und ließ einen Gegenstand in dessen Jackentasche verschwinden.

Justus und Peter waren zutiefst enttäuscht, als der Sicherheitsbeamte den Direktor laufen ließ. Nur Bob zeigte keine Regung. Der Gauner drehte sich ein letztes Mal um und grinste die drei Freunde an. »Nichts für ungut. Mal verliert man, und mal gewinnen die anderen. Ich wünsche euch noch einen wundervollen Urlaub. Auf Nimmerwiedersehen.« Mit diesen Worten packte er seinen kleinen Koffer und kehrte schnellen Schrittes zurück zur Sicherheitskontrolle.

Peter ballte wütend die Fäuste. »Das gibt es doch nicht. Da marschiert ein Verbrecher seelenruhig in die Freiheit.« Justus pflichtete ihm bei. »Hätten wir nur eine halbe Stunde mehr Zeit gehabt. Dann hätten wir alles bei der Polizei erklären können. Jetzt geht der Gauner uns durch die Lappen.« Dabei fiel sein Blick auf Bob. »Sag mal, dich scheint das überhaupt nicht zu kümmern, oder?« Bob konnte sein Grinsen kaum verbergen.

»Wartet noch ein paar Sekunden. Dann werdet ihr schon sehen.«

Die drei standen jetzt vor dem Sicherheitscheck und konnten von der Seite auf den Kontrollmonitor blicken. Der Direktor hatte gerade seine Jacke in eine Plastikwanne gelegt. Über ein Förderband schob sich die Wanne nun durch den Durchleuchtungstunnel. Aufgeregt zeigte Bob auf den Monitor. »Und jetzt schaut euch genau an, was passiert.«

Und es passierte eine ganze Menge: Klar und deutlich konnte man auf dem Monitor die Umrisse der Jacke ausmachen. Und mittendrin war eindeutig eine Waffe zu erkennen. »Das gibt es doch nicht!«, entfuhr es Justus.

Automatisch heulte jetzt eine Alarmsirene auf. Wie aus dem Nichts sprangen drei schwer bewaffnete Sicherheitsbeamte auf den Direktor zu, warfen ihn zu Boden und legten ihm Handschellen an. »Lassen Sie mich los!«, brüllte der Direktor aufgebracht. Dabei krachte sein Koffer zu Boden, platzte auf, und unzählige Banknoten fielen heraus. »Ich kann das alles erklären«, schrie der überwältigte Gauner. »Das Geld gehört mir.« Einer der Sicherheitsbeamten stellte ihn wieder auf die Füße. »Das Geld ist uns egal. Wir wollen wissen, warum Sie eine Schusswaffe bei sich tragen.« Der Direktor verstand die Welt nicht mehr und ließ sich schließlich widerstandslos abführen. »Was habt ihr blöden Bengel gemacht? Wenn ich euch erwische ...«

Bob grinste und klärte seine Freunde nun auf: »Tante Mathilda hat uns doch diese Wasserpistole mitgebracht. Ich habe sie heimlich eingesteckt, um euch bei passender Gelegenheit damit zu erschrecken. Die ganze Zeit trug ich sie bei mir und hatte sie schon fast vergessen. Als der Direktor dann ungehindert durch den Sicherheitscheck verschwinden wollte, kam mir die Idee. Niemand hat bemerkt, dass ich die Wasserpistole unauffällig in seine Jackentasche steckte. Ich wusste, dass jeder sofort festgenommen wird, der so etwas beim Sicherheitscheck bei sich trägt. Und dabei ist es egal, ob die Pistole echt ist oder nur ein Spielzeug.«

Justus klopfte seinem Freund begeistert auf die Schulter. »Bob, das war genial. Jetzt haben wir genügend Zeit, der Flughafenpolizei alle Beweise gegen den Direktor vorzulegen. Er und seine Komplizen werden lange im Gefängnis schmoren. Die ganze Bande ist aufgeflogen. Hiermit ist der Fall endgültig erledigt. Keine Haie und keine Riesenkraken mehr. Die Monster-Ferien sind vorbei.«

Peter klatschte in die Hände. »Genau! Endlich kann der Urlaub beginnen. Ich freue mich auf ein Strandvergnügen ohne Zwischenfälle.«

Als die drei ??? wenig später in der Abflughalle an einem Zeitungskiosk vorbeigingen, entdeckte Bob ein Rätselheft in der Auslage. »Seht mal, in diesem Heft kann man bei einem Preisrätsel eine Familienreise gewinnen. Was meint ihr? Soll Tante Mathilda noch einmal ihr Glück versuchen?«

Für die drei Freunde gab es nur eine Antwort auf die Frage, und alle hoben gleichzeitig den Daumen. Dann lachten sie so laut, dass es in der ganzen Halle zu hören war.

Kannst du das Rätsel lösen?

SOMMERRÄTSEL

Mitmachen und Traumreise gewinnen!

Lösungswort:

Lösungen

Rätsel auf Seite 9

Waagrecht: Flaschenpost, Taucherbrille, Buch
Senkrecht: Palme, Flugzeug, Koffer
Lösungswort: URLAUB

Rätsel auf Seite 11

Rätsel auf Seite 25

Rätsel auf Seite 17

Rätsel auf Seite 31

Rätsel auf Seite 37

Die Zahlenfolge lautet:
1 – 4 – 2 – 7 – 3 – 6 – 8 – 5

Rätsel auf Seite 49

Links an der Wand ist an einer Stelle das Tapetenmuster verdreht.

Rätsel auf Seite 59

Rätsel auf Seite 69

Ein Kühlschrankmagnet

Rätsel auf Seite 77

Schlüssel Nr. 2

Rätsel auf Seite 84

Das gesuchte Reiseziel ist Hawaii.

Rätsel auf Seite 91

Lösungswort: KRAKE

Hast du den Mut, diese Seiten zu öffnen?

Die drei ??? Kids

192 Seiten, €/D 9,99
ISBN: 978-3-440-15433-5

Justus, Peter und Bob dürfen eine Marsstation in der Wüste testen. Das heißt: leben, wie ein echter Astronaut! Doch schon bald kommt es zu Pannen und unheimlichen Vorkommnissen. Als die drei einen schleimigen Alien sichten, ist eines ganz klar: ohne die Hilfe ihrer Fans kommen sie nicht mehr weiter. Wer den drei ??? helfen will, muss herausfinden, was sich auf den verschlossenen Seiten des außerirdischen Buchs verbirgt.

kosmos.de Preisänderungen vorbehalten